¿Por qué estás triste?

Una historia sobre la depresión y su alivio

¿Por qué estás triste?

Una historia sobre la depresión y su alivio

Christel Guczka

B DE BLOK

MÉXICO · BARCELONA · BOGOTÁ · BUENOS AIRES · CARACAS · MADRID
MONTEVIDEO · MIAMI · SANTIAGO DE CHILE

¿Por qué estás triste?
Una historia sobre la depresión y su alivio

Primera edición, julio 2015

D.R. © 2015, Christel Guczka

D.R. © 2015, Ediciones B México, por las ilustraciones
        Ilustraciones de Julián Cicero

D.R. © 2015, Ediciones B México, S.A. de C.V.
        Bradley 52, Anzures DF-11590, México
        www.edicionesb.mx
        editorial@edicionesb.com

ISBN 978-607-480-845-2

Impreso en México | *Printed in Mexico*

Cuando el maestro de artísticas nos pidió elegir un solo color que reflejara un sentimiento, varios de mis compañeros escogieron el rojo para expresar el amor, otros más el azul como símbolo de tranquilidad, mientras que el resto coincidió en el amarillo como sinónimo de alegría.

Pero yo no recuerdo ver ningún color cuando tengo miedo, cuando me enojo o siento tristeza. Sólo sé que en todos esos casos, es como si me faltara el aire, como si las burbujas del refresco subieran hasta mi cabeza haciendo estallar mis pensamientos o como si llegara alguien parecido a mí pero al que no conozco.

¿Las emociones tendrán color?

De ser así, me gustarían blancas,
como la luz, para que nunca me
impidan ver las cosas valiosas de
la vida.

El verdadero hombre sonríe ante los
problemas, recoge la fuerza de la
angustia y crece con la reflexión.

Thomas Paine

1

Esta mañana Víctor despertó con sudor en la frente y el corazón a mil. No es la primera vez que se sueña encerrado en su recámara con agua escurriendo por las paredes, inundándolo todo. Le pasa cuando está preocupado, y la visita al dentista no es para menos. Lo mismo le ocurrió cuando lo inscribieron en natación y se enteró de que debía saltar del trampolín, o la vez que participó en el concurso de declamación y toda la escuela iba a mirarlo...

Desde hace algunos días le duele una muela. Mamá le insiste en que es porque come muchas golosinas y no se lava bien los dientes antes de dormir, pero a veces se le olvida hacerlo o le da flojera. Como sea, no hay marcha atrás. Papá se fue hace un rato a su trabajo y ella lo espera abajo, con el desayuno listo, para irse al consultorio.

Como es de esperarse, apenas se acercan al auto, a Víctor comienzan a temblarle las piernas y siente un escalofrío que le recorre el cuerpo. Recordar la luz directa de la lámpara sobre su cara a la hora de recostarse en la silla, el sonido de la fresa taladrando los dientes y el olor del desinfectante de los instrumentos, le revuelve el estómago. Cuando era más pequeño, se encerraba en el baño hasta que ya era muy tarde para llegar a la cita; sólo escuchaba los gritos de mamá detrás de la puerta, seguidos de una larga regañiza. Sin embargo, eso cambió cuando, en el campamento que organizó su escuela, uno de sus compañeros se cayó en una zanja y se raspó la rodilla. Por no querer ir a curación, se le infectó la herida y, de tan hinchada que se le puso, ya no podía caminar. De todas formas tuvo que ir al médico y lo regresaron a su casa, perdiéndose el paseo. Esa experiencia le hizo reconocer que los doctores son necesarios cuando tienes algo mal y negarse a verlos sólo complica las cosas.

De modo que ahí está en la sala de espera, sentado junto a dos señoras mayores que tejen mientras platican y otro niño, más chico que él, que juega con su carrito. En la mesa de centro, una pila de revistas que revisa su madre. Hojea una de espectáculos con los chismes de los artistas del momento, luego ve sin mucho interés la portada de una especializada en arquitectura, hasta que se detiene en una publicación médica que lleva por título: *Los síntomas de la depresión*. Víctor no está muy seguro de saber lo que significa esa palabra, pero le suena a una enfermedad contagiosa. Cuando está por preguntar, la recepcionista menciona su nombre. Ha llegado su turno.

Su madre se levanta de inmediato para acompañarlo pero, en un impulso de demostrarle que ha crecido, el niño le dice:

—Yo entro solo.

Ella, sorprendida, le devuelve una mirada cariñosa al mismo tiempo que le acaricia la espalda.

—Cualquier cosa, aquí estaré.

Por unos segundos, Víctor se siente mayor y capaz de enfrentar las cosas por sí mismo. Pero eso termina cuando cruza la puerta del consultorio y lo único que quiere es regresar a abrazar a su madre y salir de ahí.

—¡Buen día, Vittorio! —lo recibe jubiloso el dentista, quien no deja su acento italiano por más que lleve veinte años viviendo fuera de su país— Con que algo te está dando lata, ¿eh? —se sonríe indicándole la silla.

—Sí, me duele un poco —contesta Víctor, intentando mostrarse valiente.

—El dolor es la forma que usa el organismo para hacernos notar que algo no está bien. A veces el cuerpo no puede regenerarse solo y debemos recurrir a medicamentos u otros métodos para sanar —le explica el doc, guiñándole el ojo.

Luego de hacerle algo de plática sobre los estudios, sus amigos y las próximas vacaciones, el dentista le revisa la boca minuciosamente. El niño intenta interpretar su mirada, que es lo único que le ve fuera del tapabocas que le cubre la mitad del rostro.

—Mmm... ya veo —dice muy serio—, aquí hay una pieza que está muy dañada. Me parece que la limpieza no ha llegado hasta ahí —fija su vista en la de Vic, quien siente sus mejillas sonrojarse—. Habrá que quitarla para que no afecte a las otras. Lo bueno es que esa muela no es permanente, en cuanto la saquemos nacerá una más fuerte en su lugar. Pero deberás cuidarla para evitar que suceda de nuevo, ¿estamos?

Al pequeño paciente sólo le retumba la imagen de aquellas pinzas terroríficas que le arrancarán un pedazo de su dentadura. Por más que intenta ser valiente, no logra aguantarse las ganas de llorar.

—Sólo sentirás un poco la inyección, luego de eso, nada. Lo prometo —trata de calmarlo el hombre de bata blanca.

El doctor Alberti llama a su asistente para que prepare la anestesia. Es una joven de gruesos lentes que nunca sonríe. Su trabajo consiste en estar de pie a un extremo de la silla de curaciones, pasándole al dentista los instrumentos que requiere y limpiando los desechos.

Luego de unos minutos, lo que el paciente más temía: una jeringa kilométrica es introducida en su boca. Él cierra los ojos, se concentra e intenta llamar a su mamá por telepatía, no sabe cuánto tiempo insiste cuando, de pronto, la voz del doctor interrumpe sus pensamientos:

—¡Listo! Fue más rápido de lo que imaginaste, ¿cierto? Ahora sólo tienes que morder un momento este algodón y en la tarde podrás comer lo que quieras —el dentista se levanta, se quita los guantes y busca algo entre

los cajones mientras su asistente termina de limpiarle la boca al pequeño.

Antes de despedirlo, le entrega una pequeña caja con su muela dentro, "Para el ratón de los dientes".

El niño sale del consultorio con el cachete dormido. Su madre le hace una seña de agradecimiento al doctor Alberti y se acerca a la recepción a pagar.

Víctor se sonríe: ¡lo logró! Después de todo, no fue tan terrible.

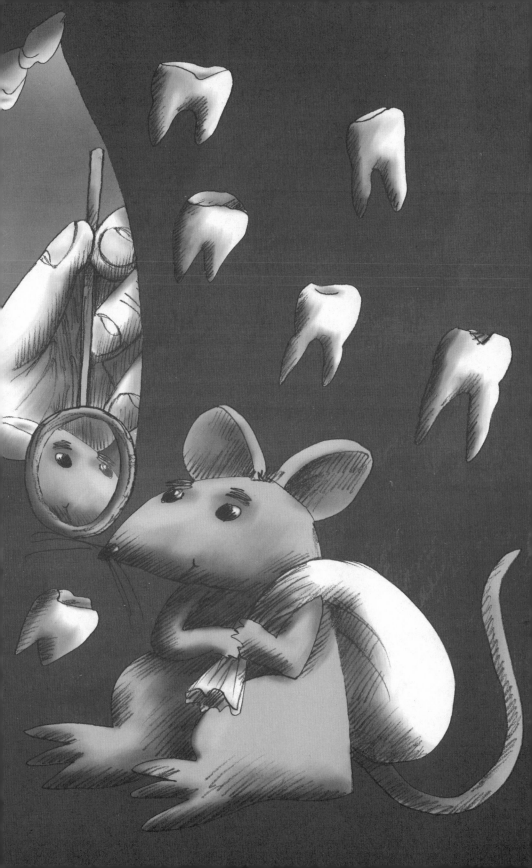

La vida de cada persona es un camino
hacia sí mismo, el ensayo de un
camino, el boceto de un sendero.

Hermann Hesse

2

Hoy es el cumpleaños de la mamá de Víctor y el tío Beto. Ambos celebran el mismo día porque son gemelos: crecieron juntos en la panza de la abuela, compartieron la escuela y el salón, se acompañaban a las fiestas, se cubrían las travesuras frente a los demás, se conocían tan bien que parecían leerse el pensamiento y hasta sentían cosas similares cuando estaban lejos entre sí. Esas y muchas anécdotas más le cuentan al pequeño cada que se reúnen. Sin embargo, en esta ocasión, el tío Alberto no irá con ellos a hacer *picnic* y remar en el lago, como es la costumbre. Al parecer, lleva varios días sintiéndose con pocos ánimos y prefiere quedarse a dormir.

Él vive al lado, en una casa de dos pisos que renta desde que volvió del Cairo. Es un gran reportero que viaja por todo el mundo para cubrir las noticias más importantes que luego se publican en uno de los diarios famosos del país. Debido a esto, pasa largas temporadas sin ver a la familia; no se ha casado ni ha tenido hijos. Se ha acostumbrado a su propio espacio y al peligro de sus misiones, como cuando tuvo que adentrarse a investigar la vida en la selva amazónica o acudir como corresponsal a zonas de guerra aunque, con éstas últimas, constantemente regresa triste por tantas cosas feas que ve.

Víctor no puede esperar a que le cuente los detalles de cada aventura junto a las fotos que suele traer con él. Las paredes de su casa están tapizadas con imágenes fabulosas e impactantes con las que luego el niño no deja de soñar. Además, Beto nunca olvida obsequiarle a su sobrino un recuerdo de cada lugar visitado: "Una piedra de Brandemburgo, para que te recuerde la fortaleza de mi cariño por ti, campeón...", "Una hoja seca de Saskatchewan, para que dejes ir las cosas que te lastiman...", "Un puñado de arena rojiza del Sahara, para que moldees tu propio camino...", objetos y palabras que inmediatamente van a ser parte del baúl de tesoros de Vic.

De modo que todo está listo para el paseo. Mientras el padre maneja, el niño y su madre cantan, divertidos, una rola del radio.

La mamá de Víctor suele ser bastante risueña y sociable. Ella es diseñadora de interiores de profesión, aunque dejó de ejercerla cuando nació su único hijo porque ha querido dedicarle todo el tiempo posible. Sin embargo, es una mujer que nunca se aburre, siempre encuentra algo por hacer en casa. Su especialidad es la vegetación, le encanta tener su casa llena de flores y plantas; es común verla arreglando las macetas, poniéndoles abono, recortando las hojas secas y demás gajes del oficio. Incluso los dos árboles frutales que hay en el pequeño jardín de la entrada fueron idea suya: un guayabo y un manzano. Es capaz de hacer hermosos arreglos florales de mesa, recuerditos de materiales artesanales y todo lo que tiene que ver con accesorios decorativos, tanto así que varias de sus amigas la llaman para solicitar sus servicios cuando tienen algún evento especial.

También le gusta mucho pintar; tomó un par de cursos para aprender diversas técnicas, aunque lo hace más por intuición. En la sala, hay algunos cuadros colgados de su autoría. Pero lo que más disfruta es acompañar a su hijo a sus actividades deportivas y a los festivales escolares, ayudarle con su tarea y prepararles una deliciosa comida a él y a su esposo cuando llegan de la calle.

Al campo lleva unas tortas, jugos enlatados, fruta y pastel de zanahoria. Mientras que Víctor no olvida cargar la pelota y los juegos de mesa con los que tanto se divierten en familia.

Durante estas fechas hay poca gente en esa reserva natural que está a la salida de la ciudad. Es un área verde con caminos amplios para andar en bici y un lago cristalino donde se rentan balsas y cañas de pescar. Al padre de Víctor no le gusta atrapar peces, sin embargo, le agrada sentarse junto a su hijo, mientras conversan de cualquier cosa, sobre el vaivén del agua.

A la madre le marea esa actividad, de modo que prefiere esperarlos a la orilla leyendo alguna novela romántica. Para ella esos instantes los dedicaba a convivir con su hermano, a quien hoy extraña enormemente. Como sea, piensa guardarle un trozo de pastel y llevárselo de regreso. "Cualquier cosa puede faltar en un cumpleaños, menos el pastel...", les cuenta que les decía la abuela cuando eran chicos y les permitía comer todo el que quisieran en su día. Pero desde que ella murió, la madre de Víctor decidió mantener esa costumbre. No recuerda haber pasado ningún cumpleaños lejos de su hermano, más que éste...

Luego de la convivencia familiar, es hora de volver a casa. Recogen todo y se encaminan directo a visitar al tío, pero no tienen suerte. Él no parece escuchar los timbrazos.

—Debe estar dormido —opina el padre.

—Vamos a guardarle su trozo de pastel y mañana se lo traemos, amor —le dice la madre a su hijo.

Víctor nota la tristeza de su mamá en los ojos y él también se siente decepcionado por la ausencia de su tío.

—¿Y si le llamamos por teléfono? A lo mejor está viendo la tele y no escuchó —insiste el niño.

—Será mañana, Vic —responde el padre.

"Mañana", se repite Víctor en la cabeza.

No todos los que pierden la vida dejan de respirar o cierran los ojos. Hay algunos que siguen caminando, que miran la tele o incluso platican.

Tampoco son iguales a los zombies, que ya estaban muertos y resucitaron, no se han dado cuenta que, estando vivos, han dejado de existir.

En mi libro de Historia leí algo sobre los exiliados: las personas que tienen que irse de su lugar de origen para establecerse en otro sitio. Creo que la muerte en vida es algo así, desterrarse de uno mismo; convertirse en un tipo de náufrago que nunca deja de navegar porque no encuentra tierra firme.

Todos debieran tener una piedra que
les recuerde el cariño de su familia,
una hoja seca como símbolo de las
cosas dolorosas que hay que dejar ir
y un puñado de arena para moldear el
camino... y también deberían existir más
islas para que nadie se pierda.

El que está acostumbrado a viajar, sabe que siempre es necesario partir algún día.

Paulo Coelho

3

A una semana de terminar el semestre, la maestra les ha dejado a sus alumnos la tarea de vacaciones: investigar sobre algún tema que les interese y escribir lo que aprendieron al respecto.

Lo primero que viene a la mente de Víctor son las pirámides. Recuerda las cosas que le contó alguna vez el tío Beto sobre la zona arqueológica de Tulum, esa ciudad amurallada de la cultura maya, y se le ocurre que sería una grandiosa idea ir a visitarla. Apenas llega a su casa, corre a la cocina:

—¡Mamá!... ¿y si vamos estas vacaciones a las playas de Yucatán?

—Tendríamos que platicarlo con tu papá, cariño. Ya ves que tiene que solicitar el permiso en su trabajo.

—También podríamos invitar a mi tío para que nos explique todo lo que sabe de ese lugar —insiste el niño emocionado.

—Bueno, para eso no necesitas ir tan lejos —sonríe la madre—, puedes ir a preguntarle ahora que termines de comer.

Su mamá no tiene que decirlo dos veces. A grandes bocados Víctor termina su comida y se apresura a trepar la barda que separa el jardín de ambas casas. Entre cada ladrillo hay un espacio suficiente para colocar sus pies, sólo debe cuidar no maltratar la enredadera que la cubre.

—¡Por la barda no, Víctor! —escucha que le grita su madre, observándolo por la ventana de la cocina. Pero ya es muy tarde para corregir el camino, el pequeño ha saltado al otro lado y se dirige a la puerta principal.

Entra sigilosamente y escucha el sonido de la televisión en la sala. Su tío se encuentra recostado en el sillón, con la pijama puesta y una lata de refresco en la mano. Sobre la mesa de centro, un cenicero lleno de colillas de cigarros, papeles arrugados y algunas migajas regadas.

Las persianas están cerradas y apenas entra un poco de luz.

—¿Tío?

—¡Pásale, Vic, qué sorpresa! —le responde Alberto, invitándolo a sentarse—. ¿Qué te trae por aquí?

Mientras se acerca, el niño le nota unas grandes ojeras y un rostro demacrado y descuidado. De momento piensa que el hombre que está frente a él no es el mismo que conoce. Difícilmente se dejaba crecer la barba y mucho menos andaba en esas fachas; la loción era parte esencial de su presentación y ahora el único olor que se percibe es la falta de una ducha desde hace varios días.

—Voy a hacer un trabajo para la escuela y quería ver si me ayudabas...

—Claro que sí, oye, ¿no se te antojan tus galletas preferidas? Hay una caja en la alacena, ¿por qué no vas por ella y me platicas de tu proyecto? —le responde el tío Beto al mismo tiempo que comienza a sonar el teléfono.

Víctor se dirige a la cocina a buscarlas. Un montón de trastes sucios están olvidados en la tarja, como si nadie viviera en esa casa desde tiempo atrás. Abre el refrigerador y la rebanada de pastel, que le llevaron hace una semana, sigue intacta en el plato desechable. Casi no hay comida ni artículos de despensa, sólo unas cuantas latas en las repisas y la caja de galletas prometida. La toma y, de regreso a la sala, escucha la voz de su madre platicar con su tío.

—¡Mírate nada más, no puedes seguir en estas condiciones! ¿Por qué no contestas el teléfono? Me preocupa pensar que algo malo pase y ni siquiera me entere.

—¿Qué puede pasarme, mujer? —le responde Alberto— Además Víctor está aquí conmigo.

—Me enteré que despediste a la señora el mismo día que te la mandé para que te ayudara con la limpieza de esta casa. ¿Qué te está ocurriendo? Llevas semanas así. ¿Qué no piensas ir a trabajar?

—...ah, ese tema...

—¡No has querido hablarme de ningún tema, Beto! Por favor, soy tu hermana, nunca han habido secretos entre nosotros.

El niño está parado detrás de la puerta para no interrumpir la conversación hasta que su tío voltea y lo mira.

—¡Las encontraste, Vic, son tuyas! Ahora cuéntame sobre qué quieres saber.

—Mmm... pirámides mayas —contesta tímidamente.

—¡Excelente elección! Ve a mi estudio y busca en el segundo estante un libro grueso de pasta naranja. Creo que te será de gran utilidad, además viene ilustrado con bellas fotos. Si después de revisarlo tienes curiosidad de algo más, vienes de nuevo y platicamos, ¿va? De cualquier forma, toda mi colección de libros será tuya cuando yo no esté. Estoy seguro de que no podrá quedar en mejores manos —le sonríe con nostalgia.

—¡Alberto! —lo regaña la mujer—, ¿qué comentarios son esos? Y tú, Víctor, ve por el dichoso libro, que tu papá ya ha de haber llegado a casa.

Mientras el pequeño obedece a su madre, distingue una discusión entre ella y su hermano. Pocas veces ocurre eso, Víctor no entiende bien lo que sucede, es como si el tío no sintiera alegría por nada, como si la emoción que les contagiaba por cada uno de sus viajes la hubiera dejado olvidada en algún otro puerto.

Encuentra el libro y se apresura a regresar con su mamá.

—Despídete —indica cortante su madre.

—¿No quieres venir con nosotros? A papá le dará gusto comer contigo —intenta convencer a su tío.

—Ya comí, campeón, será otro día.

Víctor sabe que miente, los pocos rastros de comida que hay ahí no son de hoy. Se acerca a darle un beso a su tío, quien le devuelve un abrazo largo y contenido. El niño siente que esa despedida es diferente a las demás.

—Vendré pronto para platicarlo, ¿sí? —le dice Vic.

Beto le guiña el ojo y lo ve salir junto a su madre. Víctor percibe una lágrima en el rostro de ella mientras caminan rumbo a su casa. A lo lejos, el teléfono timbra nuevamente sin ser contestado.

La muerte no nos roba a los seres
amados. Al contrario, nos los guarda
y nos los inmortaliza en el recuerdo.

François Mauriac

4

Último día de clases. Víctor, al igual que el resto de sus compañeros, está feliz de pasar mes y medio fuera de aquellas paredes. Y no es que no disfrute jugar con sus amigos en el recreo, aprender cosas nuevas o incluso llegar temprano al colegio para encontrarse con la niña que le gusta, pero pensar en la posibilidad de conocer otros lugares junto a sus padres, poder dormirse tarde viendo películas y dedicarle tiempo a su investigación, lo entusiasma bastante. Así que recoge de inmediato sus útiles y se apresura hacia la salida donde una fila de padres ya espera a sus hijos.

El niño se dirige hacia el árbol donde generalmente aguarda su mamá, sin embargo, esta vez no está ahí. Recorre con la mirada la cantidad de cabezas y de manos que se asoman unas detrás de otras haciendo señas para que las vean, pero su madre tampoco está entre ellas. De pronto, una mano se posa en su hombro: la de papá. Víctor está sorprendido.

—¿Y mamá? —es lo primero que atina a decir, puesto que él jamás pasa a recogerlo.

—En el camino te explico, Vic —le carga la mochila y se suben al auto.

Lo cierto es que durante más de la mitad del trayecto su padre va en silencio y con la mirada perdida.

—¿Le pasó algo a mamá? —insiste el pequeño, preocupado.

—No, hijo, ella está bien. Se trata de tu tío...

—¿Qué tiene? —pregunta Víctor con el corazón acelerado.

—Pues... esta mañana tu madre fue a verlo a su casa y... tienes que ser fuerte, Víctor —su padre lo mira desde el espejo retrovisor.

—¿Dónde está mi tío Beto? —dice asustado.

—Alberto ya no está con nosotros, Vic. Ahora nosotros debemos apoyar mucho a mamá en estos momentos.

La confesión de su papá deja impactado al niño. Su mente da vueltas y siente un hueco enorme en el estómago, peor que cuando va a presentar un examen. Entonces llegan a casa y una ambulancia cubre la entrada del portón contiguo, en donde van subiendo un cuerpo cubierto por una sábana blanca. La madre de Víctor se encuentra de pie, llorando, al lado de un hombre que toma notas en una libreta.

—¿Entonces no conocía el posible motivo para que el señor tomara esta decisión? —la cuestiona el hombre.

—No, ya le dije que estaba en una etapa depresiva pero nunca imaginé que... —la mujer no logra contener el llanto.

—De acuerdo, tranquilícese. Entiendo su impresión. Continuaremos con el procedimiento de rigor y podrán pasar a firmar los documentos necesarios en unas horas. Mi más sentido pésame —le extiende la mano y se va junto con la ambulancia.

Padre e hijo se acercan a abrazar a la mujer que parece desmayar del dolor.

—No entiendo... Ayer hablamos y estaba dispuesto a acudir con un especialista que lo apoyara profesionalmente en ese proceso —solloza la madre—. Me lo prometió...

—Lo intentaste todo, Lidya, me consta —le responde el esposo.

—¡Debí intuirlo, obligarlo! ¡Fue mi culpa! —grita la mujer, desconsolada.

Víctor presencia la escena como en una película de terror, de la cual quisiera despertar de inmediato. ¿Su tío muerto?

Él está paralizado. Ha dejado de sentir las piernas, los brazos, todo. Siente que el corazón le ha dejado de latir y no encuentra las palabras para consolar a su mamá, a quien nunca había visto así. Sus padres entran a la casa abrazados.

Un golpe de aire seco se estrella en la cara de Vic, entrando por la nariz y la boca, impidiéndole respirar. Lo único que quisiera es gritar para expulsarlo de su cuerpo y regresar el tiempo una hora atrás, cuando las vacaciones pintaban de maravilla.

En ese mismo instante, un aleteo atrae su atención: es un cuervo que se ha posado en el pretil de la ventana que fuera la recámara del tío Beto. Sin más, el niño entra a su casa y cierra la puerta.

¿Cuántas palabras caben en un adiós?

Tres, cuando la niña que te gusta se cambia de ciudad: "Siempre te recordaré".

Una, cuando cometes una falta en el partido de fut: "¡Fuera!".

Ninguna (aunque te alegre) cuando la maestra más regañona de la escuela te sorprende con su renuncia.

Dicen que decir adiós es desprenderse, pero a veces te une más a alguien porque, a fuerza de recordarlo, se te pega en el corazón. Las despedidas no tienen mucho espacio para las palabras por eso, cuando ya nos les caben, acostumbran derramarse en forma de lágrimas.

El recuerdo es el
perfume del alma.

George Sand

5

Al siguiente día, Víctor y sus padres están en el cementerio. Es la primera vez que el pequeño va a un lugar de esos, sólo recuerda haberlos visto en las películas o la televisión. Lo cierto es que, a diferencia de lo que imaginaba, está lleno de árboles y las tumbas se rodean de pasto y algunas flores silvestres. El silencio lo cubre todo, a partir de ese momento, el cuerpo del tío Beto se quedará ahí por siempre.

En la mente de Vic aparecen un sinfín de imágenes: la vez que él le enseñó a nadar cuando era más chico, las tardes de museo que compartían cada fin de mes, los chistes bobos con los que lo hacía carcajear pero, sobre todo, el último encuentro, cuando sintió ese abrazo fuerte que ahora entiende mucho mejor. Se lamenta tanto no haber ido a visitarlo cada día y posponer para mañana el comentario del libro que le prestó. ¿Cuántas veces le faltó repetirle cuánto lo quería, lo mucho que lo admiraba y que deseaba convertirse en alguien como él cuando fuera grande? ¿Cómo será ahora que ya no viva a su lado? ¿Dónde pondrá la tristeza para volver a sonreír?

Observa a su madre, quien tiene la mirada fija en el montón de tierra donde un par de hombres colocan la lápida. Ella no parece estar ahí, de hecho, su rostro se ve distinto. Su padre le toca la espalda en una muestra sutil de acompañamiento, pero el niño también percibe el movimiento de quijada que hace cada que se siente tenso. No se ha movido de su lado en todo ese tiempo pero, tarde o temprano, regresará a trabajar dejándolos solos la mitad del día. Tal como era antes, sólo que nada será igual a partir de ahora, piensa Víctor, comenzando a entender el acomodo de la vida.

De regreso, los padres de Víctor hablan sobre la necesidad de limpiar la casa que fuera de Alberto para que pueda ser ocupada por alguien más. Tendrán que recoger

sus cosas y elegir aquéllas que serán dona-
das. Ella no quiere esperar más, pareciera que
estar en contacto con ese espacio le permite
sentirse cerca de nuevo con su hermano. Así
que apenas baja del auto, se dirige hacia allá.

—Acompañaré a mamá, Vic. Tú espera en
casa, ¿sí? —le dice el padre.

El niño los ve alejarse y se sienta en los escalones de la entrada. Aunque todo está callado
afuera, por dentro suenan sus emociones e ideas
sin control. Así que cierra los ojos y trata de des-
pejarse identificando los sonidos de su entorno:
el crujido de las ramas de los árboles, el claxon de
un auto, la caída del agua de la pequeña fuente
que mandó poner su mamá entre los dos árboles
frutales, el rechinido de la puerta que se balancea
con el viento, un graznido... ¿Un graznido? Víctor
abre los ojos y se da cuenta de que el cuervo de
la otra vez está parado sobre la barda que divide
ambas casas. Es un ave grande, de brilloso plu-
maje y ojos amarillos. No se ve asustado ante su
presencia, por el contrario, se mantiene estático,
dominando su territorio.

Por unos segundos, los dos se miran.

—Me llamo Víctor —le dice, casi en un
susurro, mientras el cuervo avanza cautelo-
samente sobre sus gruesas patas.

De pronto, unas gotas de lluvia comienzan a caer y el pequeño se levanta para entrar a casa. Cuando voltea para cerrar la puerta, el ave se ha ido.

Amar es el más preciado regalo
que se puede dar; ser amado el más
preciado regalo que se puede recibir.

Anónimo

6

A la mañana siguiente, Víctor escucha movimiento en la cocina. No recuerda siquiera haberse puesto la pijama antes de dormir. Lo último en su mente es la fuerte lluvia estrellándose en las ventanas mientras esperaba el regreso de sus padres. Se levanta y camina hacia donde escucha el ruido, es su padre que prepara el desayuno.

—¡Buenos días, Vic! Ayer llegamos un poco tarde y te encontramos dormido. Ya no quisimos molestarte. Estoy preparando un *omelette*, ¿se te antoja?

—¿Y mamá? —contesta el niño.

—Pasó muy mala noche y la dejé descansando. Casi terminamos de guardar en cajas todas las cosas de Alberto y en el transcurso de esta semana ella decidirá qué hacer con ellas. El dueño necesita la casa libre para ponerla nuevamente en renta.

—No puedo creer que el tío ya no esté... —solloza el pequeño.

—Lo sé, Vic. Todos estamos tristes, pero tenemos que ser fuertes para consolar a mamá. ¿De acuerdo? Sobre todo porque debo regresar al trabajo en unos días y serás tú quien la acompañe.

El padre es ingeniero ambiental, diseña métodos para preservar los recursos naturales en ciudades grandes. Para él es indispensable respetar la naturaleza y proteger el medio ambiente, por eso trabaja junto con empresas y arquitectos que buscan mejorar los ecosistemas y evitar la contaminación del agua, el suelo y el aire, así como la de cualquier ser vivo.

Es un hombre serio, dedicado a su trabajo y su familia. Le gusta ver documentales en la tele, ir al cine cuando se estrena alguna película de arte y nunca se pierde de leer el periódico cada mañana. Generalmente pasa más de la mitad del día fuera de casa, revisando planos y obras en diferentes partes de la ciudad, pero siempre busca la manera de estar cerca de su hijo y esposa.

—Por cierto, hijo, ese sobre que está en la mesa es tuyo —le indica el padre con la mirada— al parecer, tu tío te lo dejó al lado de otro dirigido a tu madre.

El niño siente una opresión en el pecho al tomar la carta. Es como si volviera a tener enfrente al tío Beto: emoción por saber de él y, al mismo tiempo, temor hacia lo desconocido.

—Creo que deberías leerla a solas, cuando termines de desayunar...

Víctor se apresura y, mientras su padre le lleva el desayuno a su esposa, sale al patio con una pieza de pan dulce.

Se sienta en los escalones de la entrada y observa detenidamente el sobre. Las manos le tiemblan. Lo abre con cuidado, evitando maltratar la carta.

Querido, sobrino:

Espero que cuando leas esta carta no haya lágrimas en tus ojos. Cada uno de los momentos, que compartimos juntos, estuvieron acompañados con una sonrisa, manténlos así por favor.

Quizá te preguntes por qué no continúo a tu lado, pero créeme que luché contra esta nube oscura que se posó sobre mí y, sin darme cuenta, ya se había apoderado de mis alegrías, mis éxitos, mis más profundos cariños... La tristeza me fue arrebatando lo mejor de mi vida y de mis recuerdos.

Pero estoy seguro que a ti te sobrará la fuerza para seguir adelante, a pesar del dolor, porque eres un campeón.

Es con los pequeños detalles como se construye lo más importante. ¡No dejes de soñar ni de creer en ti! Estas palabras son mi legado, al igual que mi biblioteca: ambas, extensiones de vida.

Cuida a tu mamá. No permitas que la oscuridad le impida ver.

Te quiere por siempre,

tu tío Beto.

Apenas termina de leer la carta, lágrimas escurren por las mejillas del pequeño. Tiene ganas de salir corriendo sin rumbo fijo. De pronto, una pluma negra le cae encima. Es del cuervo, que está posado sobre la cornisa de la entrada mirándolo directamente, justo arriba de él. Por unos instantes, los dos quedan estáticos. Entonces Víctor abre la mano que tenía oprimida con el resto del pan y se la ofrece. La coloca en el suelo, cerca de él, para que el animal baje.

El ave se acerca a sus pies y prueba el alimento. El niño esperará a que lo termine para entrar a casa.

Cuando era pequeño le pedía a mamá que no apagara la luz cuando iba a dormirme. Era como si toda la certeza de mi mundo se esfumara al momento de no verlo. Conocía el lugar de cada uno de los muebles de mi recámara, la cantidad de pasos que existía de la puerta a mi cama y las sombras que se marcaban con el reflejo del foco.

Cuando estaba oscuro, imaginaba que había seres que movían todo y, al despertar, me encontraría en un lugar desconocido, sin saber qué hacer.

Hoy sé que no se necesita estar a oscuras para que las cosas cambien y que somos nosotros los que podemos convertirnos en seres extraños.

Los monstruos no son malos, sólo tienen miedo.

Cuando la vida te presente razones
para llorar, demuéstrale que tienes
mil y una razones para reír.

Anónimo

7

Después de varios días, el papá de Víctor ha regresado a sus actividades laborales y sólo el pequeño y su madre están en casa. Ella se ha levantado un poco más tarde de lo habitual para preparar el desayuno del niño. Se le ve cansada y con ojeras.

Víctor carga el libro sobre pirámides que le regaló su tío. Ha comenzado a leerlo para redactar su tarea de vacaciones. Con todo lo ocurrido, es un hecho que no saldrán a la playa.

—Aquí dice que algunas pirámides mayas servían como tumbas para los reyes, pero que su función principal era la religiosa —le explica Víctor a su mamá, quien asiente, sin mucho interés, con la cabeza—. Sus construcciones estaban alineadas con los movimientos del sol y también de los calendarios —insiste con entusiasmo mientras le muestra las fotos.

La mujer pone los alimentos en la mesa y se sienta con cierto desgano.

—Anda, Víctor, deja un momento ese libro y come antes de que se enfríe.

—¿Y tú no desayunarás conmigo?

—No tengo mucho apetito. Amanecí con cierto malestar de estómago —vuelve a levantarse para lavar los trastes usados.

El pequeño termina de comer en absoluto silencio. Reconoce el rostro de su mamá cuando no tiene deseos de charlar o está ensimismada en sus pensamientos, y está así desde la muerte de su hermano.

—¿Puedo seguir leyendo? —le pregunta el niño como animándola a que lo escuche—. Me quedé en la parte donde explica sobre las pinturas que había en los muros de los templos.

—¿Por qué no sales un rato al patio?, el día se ve soleado... así me das oportunidad de limpiar la cocina.

Víctor entiende que su madre quiere estar sola. Cierra la enciclopedia y sale al patio, desanimado. En una de las esquinas ve su pelota y comienza a patearla hacia la pared. Sin medir sus fuerzas, el balón sale disparado hacia el jardín de la que fuera casa del tío Beto. Se cerciora de que su mamá no lo esté mirando por la ventana y salta la barda. Su juguete quedó cercano a la puerta de entrada, que ahora está cerrada con un candado y con unas banderolas de colores que cuelgan desde lo alto hacia la calle, con el anuncio de "Se renta".

Cuando está a punto de regresar hacia la barda, el movimiento de la chapa principal de la puerta de la calle lo hace correr detrás de unos matorrales. Son cuatro personas que entran a la propiedad: una pareja, una niña y una señora mayor que les va mostrando el área. El pequeño espera escondido hasta que desaparecen de su vista para luego apresurarse a saltar de nuevo hacia su casa.

Estando arriba, una voz infantil le grita: "¡Oye!", pero Vic, sin voltear, da el brinco a su patio. Se siente asustado y entra de prisa a la cocina. Su madre ya no está ahí pero sí el cuervo que emite un graznido al verlo.

—Ey, ¿qué haces aquí? Si mi madre te ve sobre el refrigerador, tendremos problemas —le dice el niño, indicándole la ventana.

El ave da unos saltos sin salir. Pero a Víctor, a pesar de su aspecto intimidante, no le asusta, poco a poco se ha acostumbrado a su presencia y con él se siente menos solo. Así que se sienta en la mesa y abre el libro.

—Algunas de las pirámides más importantes de la cultura maya son Tikal, Chichen Itzá y Uxmal... —dice en voz alta, al mismo tiempo que el cuervo se posa sobre el respaldo de una de las sillas, mientras el pequeño continúa su lectura.

El que domina su cólera
domina a su peor enemigo.

Confucio

8

—¡Ya no hay café ni pan, Lydia! —grita el papá de Víctor en la mañana.

No es el único que se ha dado cuenta de que su esposa está más distraída de lo normal, ya no está al pendiente de las cosas indispensables de las que se hacía cargo en casa, e incluso está dejando morir a sus plantas, por falta de cuidado. Víctor también sabe que un montón de ropa sucia se acumula en el cesto de su cuarto y casi ya no platica de nada con su mamá, porque duerme muchas horas durante el día o simplemente no está de humor. Los fines de semana, cuando su padre también los acompaña, la situación no es muy distinta. A pesar de que él propone salir a pasear a un museo o al parque, ella pocas veces tiene ganas de salir o quiere regresar pronto a casa. Eso ocasiona discusiones entre ellos, que generalmente terminan en gritos y llantos. Entonces el niño pone la tele a gran volumen, para no escuchar a sus padres, hasta que se queda dormido.

Las amigas, que al principio visitaban a Lydia para saber cómo estaba, han dejado de ir por la premura con la que siempre las despide, argumentando que tiene otras cosas que hacer.

Lo cierto es que todos justifican su actitud por la reciente pérdida de su hermano. "Es un proceso natural de duelo", dicen unos, "Hay que dejar que viva su dolor", explican otros.

Pero el niño no sabe cuánto tiempo le durará la tristeza o si existe un remedio para consolar a su madre y que vuelva a ser la misma de antes. Lo único que tiene claro es que la extraña.

Paulatinamente el tono de las voces de sus padres va subiendo de volumen. Víctor no quiere escuchar más, se le oprime el pecho cada que los oye así. Necesita aire, silencio; de modo que corre hacia el portón y abre sin fijarse que alguien va pasando afuera. Sorpresivamente lo recibe un fuerte golpe que lo tira. Al lado de él, un patín del diablo y la misma niña, que viera días antes entrando a ver la casa de su tío, también en el suelo.

—¡Ten cuidado! ¿Qué, no te fijas? —le replica Vic, enojado.

—Si el que tuvo la culpa fuiste tú —le responde la pequeña, intentando limpiarse la tierra.

—¡Bah! —refunfuña él—. Ya me sacaste un chichón y me quedó raspada la rodilla —se levanta furioso, sin esperar a que ella lo haga y entra de nuevo a su casa.

—¡Me llamo Luz! —le grita la niña cuando lo ve alejarse—. Y soy tu nueva vecina —apenas termina de decirlo cuando Víctor azota la puerta de su casa sin contestarle.

El pequeño entra a contarle a sus padres lo ocurrido. Su papá está en la sala, frente a la tele, sin mirarla en realidad.

—¡Papá, justo cuando salía... !

—Ahora no, hijo —lo interrumpe su padre, con voz tajante.

Víctor entiende que sus padres siguen enojados y tampoco tiene caso decirle a su mamá. Así que se dirige a la cocina, busca un poco de hielo —tal como suele hacerlo su profesor de deportes cuando alguien se accidenta— y se lo pone en la frente. No cabe duda que esa niña le cae muy mal.

Hay muchas cosas que no se aprenden
en la escuela como, por ejemplo:

* Que algunos insectos, como las
  cucarachas o las hormigas,
  cuando están intoxicados por
  algún químico, suelen caer hacia
  la derecha.

* Que las quesadillas no sólo son
  de queso.

* Que siempre perderás alguno
  de tus calcetines y terminarás
  echándole la culpa a la secadora.

Me gusta ir a clases, pero afuera recibí una de las mejores lecciones: los superhéroes existen y su mayor poder está en el corazón.

Cuánto consuelo encontraríamos
si contáramos nuestros secretos.

John Churton Collins

9

La familia come junta cuando, de pronto, suena el timbre. El padre se dirige a abrir la puerta: son una mujer, un hombre y una niña que trae una caja de galletas en las manos.

—Buen día. Somos sus nuevos vecinos. Venimos a conocerlos y ponernos a sus órdenes —explica el señor mientras la pequeña le extiende el regalo.

—¡Qué amables, mucho gusto! —responde el papá de Vic—. Por favor pasen para que conozcan a mi familia.

Los acompaña hasta la sala, al mismo tiempo que le pide a Víctor que le avise a su mamá sobre las visitas. El niño, luego de reconocer el rostro de aquella niña insoportable, obedece de mala gana. Su madre intenta recogerse un poco el cabello, sacudir su vestido y poner agua en la cafetera. Después de mirarse, los dos se acercan a saludar a los extraños.

—¡Ah, no se hubieran molestado! —comenta la madre de Víctor al ver las galletas sobre la mesa.

Hay muestras cordiales en la presentación y los adultos se sientan a conversar.

—¿Por qué no vas a mostrarle a Luz la colección de figurillas de la vitrina? —le sugiere su padre a Víctor, quien siente un retortijón por tener que compartir tiempo con esa pesada.

La niña se pone de pie y lo sigue contenta. Los muñecos de porcelana que se han acumulado son recuerdos de los viajes que han hecho o regalos de amistades. Es una enorme vitrina del tamaño de una pared que divide, de lado a lado, el recibidor del comedor.

—Ahí está —le señala malhumorado Víctor, dejándola ahí mientras él sale al patio a jugar con su balón.

Segundos después, la pequeña lo alcanza.

—La otra vez te vi saltando la barda —le dice Luz.

—Jm, sólo fui a recoger la pelota. Además, siempre lo hacía cuando mi tío vivía ahí —le responde Víctor tajante.

—Sí, ya supe que él murió... debió dolerte mucho. Cuando se pierde algo o alguien que quieres es difícil acostumbrarte a vivir sin él.

—Tú qué vas a saber.... —responde el niño, molesto.

—Yo también solía treparme de las bardas y los árboles hasta que un día me caí y me hice varias fracturas en la pierna. Desde entonces me han operado varias veces y, aunque ya no podré hacer las mismas cosas de antes, sí puedo caminar de nuevo, y sin muletas —le contesta orgullosa.

Víctor está sorprendido con aquella confesión, no se había fijado que ella cojeaba un poco y no podía doblar bien la rodilla.

—¿Cuándo fue eso? —pregunta curioso.

—Hace dos años. Incluso me retrasé en la escuela por el tiempo de rehabilitación cada vez que entraba al hospital. Al principio me sentí tan triste de perder movilidad en mi pierna que no me imaginaba mi vida así, sin poder correr, saltar, hacer los mismos deportes que me gustaban. No entendía para qué más cirugías si de todas formas no iba a recuperar mi pierna y sólo me causaba más dolor. Pero mis papás y los médicos me convencieron de que esta nueva condición no debía detener mi futuro, que todas las cosas que nos pasan nos cambian para volvernos más fuertes y desarrollar otras capacidades que antes no conocíamos de nosotros mismos. Por ejemplo, ahora tiro los goles con más dirección —la pequeña se acerca al balón, que está en el suelo, y lanza una potente patada con su pierna lastimada justo al centro de la portería.

Víctor se queda impresionado con su historia, ahora la mira diferente.

—¿Y cuánto tiempo te tardaste en superarlo? —pregunta el pequeño.

—Todavía hay ocasiones en las que me acuerdo y lloro por lo que perdí, pero ahora entiendo que nadie más tiene la culpa por eso. Mis padres se preocupan cuando me ven sufriendo y nada cambia si me encierro.

Entonces, se escucha la voz de sus padres que se acercan.

—Ya despídete, Luz, es hora de irnos —le dice su madre.

—Tal vez otro día quieras ir a mi casa. Es posible que ya no pueda ganarte en las carreras, pero sí en los videojuegos —le guiña el ojo mientras se despide de los padres de Víctor.

El niño observa que la madre de Luz le entrega una tarjeta a su padre antes de irse. Todos dicen adiós y la puerta se cierra. Víctor siente que tiene a una nueva amiga.

No puedes evitar que el pájaro
de la tristeza vuele sobre tu
cabeza, pero sí puedes evitar
que anide en tu cabellera.

Proverbio chino

10

Después de que la mamá de Luz le pasara los datos de una psiquiatra al padre de Víctor, Lydia aceptó acudir a una consulta con ella. Mientras platica en su consultorio, su hijo y esposo la esperan en la cafetería de la clínica.

—¿Qué tiene mamá, por qué ya no es la misma de antes? —pregunta el niño.

—A veces la tristeza llega sin avisar, cuando menos la esperas, y poco a poco se va haciendo más grande como una bola de nieve que arrastra todo a su paso. Y aunque a todos nos ocurre en algún momento de nuestras vidas, no todos pueden manejar el dolor de la misma forma ni superarlo, es entonces cuando hay que buscar ayuda profesional. Por eso mamá vino a ver a la doctora.

—¿Es lo mismo que tenía el tío Beto?

—Sí, hijo. Se llama depresión y es considerada una enfermedad que impide disfrutar de las cosas, altera las emociones de quienes la padecen, llegando a perder el interés en lo que antes les importaba, incluyendo las ganas de vivir...

—Pero si mamá sabe que la queremos mucho y que la necesitamos con nosotros —se le salen las lágrimas pensando que pueda perderla también.

—Claro que lo sabe, Vic, pero por más que ella intente, no puede curarse sola. Ni siquiera nosotros, con todo el amor que le brindamos, hemos logrado su recuperación.

El niño recuerda las palabras que le dijera el dentista cuando llegó aterrado a su consulta: "El dolor es la forma que usa el organismo para hacernos notar que algo no está bien. A veces el cuerpo no puede regenerarse solo y debemos recurrir a medicamentos u otros métodos para sanar". Ahora entiende que las enfermedades emocionales funcionan igual que cuando tiene una muela picada... hay que extraerlas para que no afecten lo demás, incluyendo la armonía entre los miembros de la familia.

—¿Se va a curar? —pregunta angustiado.

—Ésa es la idea, Víctor. Además, el que ella haya aceptado ver a la doctora, es un buen paso. Tendremos que tener paciencia.

El pequeño abraza a su papá. Lleva semanas sintiéndose perdido y solo. Le duele ya no tener a su tío, ver a su madre ausente y a su padre enojado. Quiere a su familia de vuelta, quiere volver a sonreír.

De regreso a casa, la familia viaja en la camioneta y, sobrevolando encima de ellos, los acompaña el cuervo negro.

Siempre pensé que las batallas eran como en las películas: con soldados y armas, en un campo abierto. Pero las que se dan dentro de tu cabeza son más ruidosas y difíciles de vencer. Las ideas te aletean, chocan unas con otras dejando todo en desorden.

La tristeza es una enfermedad peligrosa que camina de puntitas para que no la escuches, se esconde en los rincones, y busca que te distraigas para atacar.

Si te encuentra:

Paso 1. Tu mayor hazaña será la búsqueda de la alegría.

Paso 2. Necesitarás ser valiente para derrotarla, porque crece a medida que la alimentes.

Paso 3. Tu victoria: la recuperación de ti.

Quien vive temeroso,
nunca será libre.

Horacio

11

Después de tanto tiempo de no entrar a esa casa, Víctor acepta la invitación de Luz para jugar con ella. No puede creer lo distinto que se ve el espacio que era de su tío ahora que vive esa familia ahí. Las paredes están pintadas de otro color, los muebles son más llamativos y ya no hay fotos de viajes colgadas. Lo que al final se veía oscuro, hoy está luminoso y con rayos de sol entrando por las ventanas.

—Con unos pequeños cambios todo se ve distinto —le dice su amiga, al verlo tan sorprendido.

La mamá de la niña lo saluda y le ofrece de las mismas galletas que ella prepara. Ambos niños se van a la sala a divertirse un rato con los videojuegos.

—En unos días me operarán de nuevo la pierna —le confiesa ella.

—¿Y tienes miedo?

—Sí. Aunque ya he pasado por esto otras veces, nunca podré acostumbrarme a los hospitales, las jeringas y las enfermeras —intenta sonreír.

—¡Iré a visitarte! —trata de animarla Víctor.

—Me gusta la idea —responde Luz.

Así pasan entretenidos un buen rato, hasta que unos gritos llaman su atención. Son de la señora que contrató el padre de Víctor para limpiar su casa y ayudarle a su esposa con la comida y las compras, dos días por semana.

Los niños salen corriendo para ver qué sucede. La mujer, espantada, le hace señas a través de la barda que los separa, pidiéndole que vaya pronto: su madre se puso mal.

Al parecer tomó más pastillas de las indicadas por su psiquiatra y le han hecho una mala reacción. El pequeño, velozmente, salta hacia el patio de su casa para acompañar a su mamá. La mujer la encontró en su cama, inconsciente. Ya ha avisado al esposo y a una ambulancia para que vayan de inmediato.

Víctor llora inconsolable al lado de su mamá abrazándola. Le repite lo mucho que la quiere y le suplica que no lo deje.

Luego de varios minutos, que parecen horas, se oyen las sirenas de la ambulancia fuera de su casa. El timbre suena. La señora abre la puerta y les indica a los paramédicos el camino. Después de tomar los signos vitales de la madre, deciden trasladarla al hospital.

Entre los gritos de Vic, la impresión de la mujer y las miradas curiosas de la gente que pasa por ahí, llega el padre del niño y sube a la ambulancia para acompañar a su esposa, no sin antes encargarle su hijo a la mujer mientras él regresa.

Las puertas de la ambulancia se cierran y se alejan del lugar. Víctor se queda parado en la entrada, con el corazón destrozado, y el cuervo posado en su hombro.

Los únicos demonios en este mundo
son los que corren por nuestros
propios corazones. Es allí donde
se tiene que librar la batalla.

Mahatma Gandhi

12

Víctor está acostado sobre su cama con los ojos cerrados. Todo está callado y lentamente se va quedando dormido hasta que, de pronto, aparece un goteo de agua. Poc, poc, poc. La caída resuena como un eco constante que aumenta de intensidad. El niño, sin poder abrir los ojos, escucha la forma en que las gotas van convirtiéndose en chorros que suben el nivel del agua dentro de su cuarto. Con mucho esfuerzo, intenta levantarse y mirar a través de sus párpados pesados que la ventana está tapiada y ni siquiera entra un rayo de sol. Camina chapoteando hacia la puerta, pero se da cuenta que está cerrada con llave.

Trata de gritar para pedir ayuda, sin embargo, no le sale la voz. El agua que escurre por las paredes va inundando todo, la cama, el escritorio, el ropero, su baúl de tesoros... sus pies ya no sienten el suelo, tiene que mantenerse a flote para no ahogarse. El niño está aterrado, su corazón late con fuerza y apenas puede respirar por el último resquicio de aire que queda en la habitación. De pronto, un graznido rompe la imagen y el pequeño se despierta con sudor en la frente. Es la misma pesadilla que lo atormenta cada que se siente preocupado por algo.

Mira a su alrededor: los muebles y su ropa están en el mismo sitio de siempre a excepción del cuervo que está picoteando una hoja sobre su escritorio. La noche anterior olvidó cerrar su ventana y seguramente el ave aprovechó para meterse y hacer tales destrozos.

—¡Ey, tú! ¿Qué estás haciendo? ¡Deja mis cosas! —se levanta Víctor, aún alterado, e intenta espantarlo para que salga por donde entró.

Pero el cuervo salta de un lado a otro, sin dejarse atrapar. El niño agarra su almohada y lo persigue por la recámara para ahuyentarlo. El ave se siente agredida y grazna violentamente mientras vuela en picada de extremo a extremo de la habitación, pasando a unos cuantos centímetros de la cabeza de Vic. Parece una lucha por ganar terreno.

—¡Véte, ya no te quiero en mi vida! —le grita convencido el niño.

Apenas dichas esas palabras, el cuervo sale disparado al cielo abierto. Víctor se deja caer en su cama y se pone a llorar. Su padre llega corriendo.

—¿Qué pasa, hijo? Escuché ruidos, ¿la misma pesadilla de siempre? —lo abraza y acurruca en su pecho, al tiempo que el niño asiente con la cabeza—. El miedo es parte de la vida. Cuando estamos frente a algo desconocido, nos llenamos de dudas, de incertidumbre porque creemos que es una amenaza para nosotros, cuando la mayoría de las veces no es así. Mientras no lo enfrentemos, esa idea se va haciendo más grande en nuestra mente hasta que nos paraliza y nos impide avanzar. La mejor forma de vencer lo que nos atemoriza es enfrentándolo, Vic. Eres tú quien decide eliminar los pensamientos negativos.

El niño escucha a su padre, en silencio, y sonríe; se da cuenta de que minutos antes libró una batalla en contra del miedo y la tristeza, y venció. Sus lágrimas llevan algo de consuelo y descanso. Ahora se siente más ligero, más libre. Alejó la oscuridad que le impedía ver, tal como decía su tío en la carta. Hoy le resulta más clara la lucha interna que vive su madre —y que vivió su tío Beto—, pero él estará ahí, a su lado, para recordarle a través de una sonrisa lo valioso de la vida.

—Tu mamá regresará a casa en unos días. La doctora sugirió que estuviera bajo vigilancia médica para que su recuperación fuera mejor —le dice su padre— ella estará bien. Al parecer, los nuevos medicamentos están funcionando y la veo de mejor ánimo —le soba la cabeza a su hijo, cariñosamente.

—¿Y si vamos a comprarle nuevas macetas con flores para que las vea cuando llegue? —se entusiasma Víctor.

—¡Buena idea! Vístete y te espero abajo.

El pequeño se apresura y aprovecha para levantar el desorden que dejó el cuervo. La hoja picoteada, que tenía el ave entre sus garras, llama su atención: *Los síntomas de la depresión*. Recuerda entonces que es el artículo que leía su madre cuando esperaban en el consultorio del dentista y que, seguramente, se habría llevado a casa para leerlo con calma. Con todo lo que ha vivido durante esas semanas, Víctor siente la necesidad de investigar más sobre esa enfermedad. Será el tema de su tarea.

Es posible que el ave de la tristeza
regrese un día, pero lo importante es
no dejarla anidar en el corazón.

La amistad es un alma que habita
en dos cuerpos; un corazón
que habita en dos almas.

Aristóteles

13

El día del regreso de la madre de Víctor ha llegado. Su padre y él se dirigen al hospital para recogerla.

—Papá, ¿podemos aprovechar para saludar a Luz? Hace unos días la operaron y está en el mismo hospital que mamá.

—Claro que sí, Vic. ¿Qué te parece si mientras tú vas a verla, yo firmo los papeles de alta de mamá?

El niño pregunta en la recepción por su amiga. La enfermera en turno le indica que está en la habitación 302. Al llegar, nota la puerta ligeramente abierta. Se asoma discreto y pregunta por Luz.

—¡Vic, veniste a verme! —le responde la voz de la niña—. ¡Pasa!

El pequeño entra cauteloso y la primera escena que ve es a su amiga acostada en la cama con la pierna levantada, colgando de unas sogas especiales, que le sostienen varios soportes de metal. Víctor se impresiona y le dan ganas de llorar, imaginando el dolor de Luz. Sin embargo, la pequeña sonríe y lo invita a sentarse en el sillón de al lado.

—Se ve más aparatoso de lo que es —dice intentando tranquilizarlo—, creo que lo peor ya pasó. La idea es que pueda mover mejor la pierna y, con suerte, ya podré competir en un maratón —se ríe divertida.

—¿No te duele? —le pregunta Víctor.

—¿Sabes?, cuando pienso en otras cosas, duele menos. A veces hasta olvido lo que me pasa y es más fácil sonreír. Creo que podemos atraer la felicidad con sólo imaginarla. ¡Mira!, ¿a poco no parece mi pierna una jirafa comiendo de la rama de un árbol? —le señala la silueta de su herida.

—Mmm... Me parece más un elefante gruñón —responde Víctor continuando con el juego.

Los dos niños ríen divertidos conforme encuentran distintas figuras a la pierna de Luz, hasta que Víctor interrumpe la plática.

—Luz... quiero ofrecerte una disculpa por la vez que nos conocimos... Fui grosero contigo y ni siquiera te ayudé a levantarte. De haber sabido... —dice apenado.

—No te preocupes, Vic. Sé que traías muchas preocupaciones en la cabeza que no te dejaban ver... a mí me ha pasado. Pero mis papás dicen que las lágrimas también ayudan a limpiar la mirada y, cuando las dejamos atrás, somos capaces de observar más profundo a las personas y a lo que nos rodea. Algunas personas se burlan de mi condición, pero eso no me avergüenza, me sentiría peor si me perdiera de la vida.

Víctor admira la fortaleza y la sabiduría de su amiga. Con sus palabras, es como si todo lo que antes pensaba tuviera otro color: más claro, más vivo, más luminoso. El pequeño se acerca a Luz y la abraza con cariño.

—Toma —le dice él, mientras saca algo del bolsillo de su pantalón—, es una pluma blanca que esta mañana encontré tirada en el patio de mi casa. Que sea el símbolo de nuestra amistad.

No debemos permitir que alguien
se aleje de nuestra presencia sin
sentirse mejor y más feliz.

Madre Teresa de Calcuta

14

Desde que su mamá regresó a casa, Vic la nota más contenta y recuperada. La madre de Luz se asoció con ella para trabajar en la organización de eventos. La casa ha vuelto a la normalidad, aunque el psiquiatra dijo que Lydia deberá ir dejando los medicamentos paulatinamente para que no haya recaídas. Por lo pronto, le recomendó actividad y hacer ejercicio. Así que la familia ha optado por salir a pasear en bici todos los domingos.

Luz se va recuperando poco a poco. Asiste a sus terapias para ejercitar la pierna y pronto le pondrán una prótesis especial a su zapato, para que no cojee más. Víctor la visita seguido y la acompaña a dar vueltas alrededor de su jardín para aumentar la movilidad de su rodilla. Incluso han acordado estudiar juntos por las tardes, para que pronto ella pueda reintegrarse a la escuela. Por ahora, le presta los libros que el tío Beto le regaló y platican largo rato sobre ellos imaginando cada una de las aventuras que tendrán cuando visiten todos esos lugares, incluyendo la zona arqueológica de Tulum.

Mañana Víctor regresa a clases, luego de unas intensas vacaciones. Sin embargo, ya tiene lista la composición que les dejó su maestra sobre el tema elegido.

El cuervo no apareció más. Pero lo mejor de todo es que, a partir de ahora, se irá a la cama tranquilo, sabiendo que ninguna pesadilla volverá a despertarlo a mitad de la noche.

¿Por qué estás triste? de Christel Guczka
se terminó de imprimir y encuadernar en julio de 2015
en Programas Educativos, s. a. de c. v.
Calzada Chabacano 65 a,
Asturias df-06850, México